Y

LES
COMPARAISONS
ROYALES

A MONSEIGNEVR
le Cardinal de Richelieu.

A PARIS,

Chez IEAN BESSIN ruë de Reims
prés le College.

M. DC. XXVII.

EPISTRE.

MONSEIGNEVR,

Mparmy les continuels labeurs de plusieurs années (qui ne m'ont fait naiftre aucun subiet de releuer de la bonne fortune) i'ay recueilli ces Parallelles que ie vous donne : il vous plaira les auoir à gré, MONSEIGNEVR, & comme la premiere traitte des influences, m'honorer tant que i'épreue en fin la douceur de quelqu'vne, pour changer les mauuais effects dont mon Afcendant est gouuerné. Ie fuis

MONSEIGNEVR,

Voftre tres-humble feruiteur,

GARNIER.

COMPARAISON DE LA
REYNE MERE DV ROY
aux sept Planettes.

REYNE en qui le bon-heur tant de merueille enserre,
Puis que rien ne t'esgale au sejour de la terre,
Et que là haut ton prix est graué dans les Cieux;
Ie m'y veux transporter sur les aisles d'vn Ange,
Afin d'y recognoistre vn subjet à mes yeux
Digne de ta loüange.

Conduit par la faueur des nœuf Muses brunettes,
Là ie veux t'esgaller aux sept claires PLANETTES,
Dont l'influence regne au tour de l'Vniuers :
Et faire aussi iuger en esmaillant ta gloire,
Qu'il faut malgré l'enuie accorder à mes vers
La Palme de Victoire.

Mais c'est parler de noise, il vaut mieux se restreindre;
Où sont les MAIESTEZ on y doit se contreindre,
N'y pouuant sans forfaict & sans tort quereller :
A tous donc la campagne & les armes i'y quitte
Pour suiure ma carriere, & faire estinceler
Aujourd'huy ton merite.

Or sus ma Calliope, afin que ie respire
Dignement comme il faut les honneurs où i'aspire,
Augmente les appas qui releuent ton front :
Et me donnant ton luth qui charme les oreilles,
Fay qu'ainsi de MARIE, au plus haut de ton Mont,
I'annonce les merueilles.

1. DIANE est claire & blanche, & d'vne grace mesme
Ton visage reluit d'vne blancheur extremme :

Diane ayme la chaffe, & rien ne t'eft plus doux;
Sur toutes Deitez elle eft chafte & pudicque,
Et de ces noms ie t'ofe appeller deuant tous
La premiere & l'vnicque.

Maint bel Aftre en la nuë eft veu flamber pres d'elle,
Et parmy les forefts mainte fille tres-belle;
Mainte beauté Diuine eft luifante auprés toy:
Dans l'obfcur elle brille, & parmy tant d'affaires
Qui naiffent tous les iours dans le Confeil du ROY,
Brillant tu nous efclaires.

2. MERCVRE à le bien dire, il eft prudent & fage,
Accort & vigilant: Vn pareil aduentage
D'vne efgale creance orne ta MAIESTE':
La paix il entretient, fes faueurs tu nous donnes;
Il cherit la Mufique, & tu mets en clarté
Cés Aftre des Couronnes.

3. VENVS eft claire-brune, & l'on te void femblable;
Venus eft toute belle, attrayante, agreable,
Qui te iugeroit moindre il feroit priué d'yeux:
Elle eft comme toy Reyne, elle abbat les tempeftes,
Et refrenant leur cours, ton pouuoir radieux
En affranchit nos teftes.

Elle fceut dompter Mars le Prince des gend'armes,
Tu fceus dompter vn MARS, efclattant dans les armes
Comme vn foudre qui tombe en Efté fur les monts:
Elle eft generatiue, & par toy vit au Monde
Vne eflite d'ENFANS de qui bruyent les noms
Sur la terre & fur l'onde.

4. PHOEBVS efclaire aux Cieux, tu reluis par la terre:
Ses yeux r'animent tout quand leur flame il defferre;
L'efclat de ta prefence efgale ce bon-heur:

Phœbus eſt Roy des vers, & toy Reyne des Muſes,
Daignant pratiquer meſme, en leur faiſant honneur,
Leurs ſciences infuſes.

5. MARS eſt vn Dieu guerrier, & quand la trompe ſonne,
Au milieu des guerriers, comme vne autre Bellone,
Tu parois d'vn cœur haut, & braue, & genereux.
Mars a le nom du Mois où tout reprend naiſſance ;
Tes deux Noms ont rapport aux deux Noms bien-heureux
Qui refont noſtre eſſence.
L'vn eſt Marie qui a porté noſtre ſalut ; & l'autre Medicis, fai-
ſant alluſion ſur la Medecine.

6. IVPITER eſt clement, facille, & debonaire,
Tu ne l'es moins qu'il l'eſt : Vn chacun le reuere,
Et chacun par honneur reuerence te fait :
L'Aigle eſt joint auec luy, ton ſang vient de l'Empire,
Des Roys il eſt le Pere, & ſuiuant tel effet
Leur Mere on te peut dire.

7. SATVRNE eſt lent & froid, & ton ame eſt poſee,
Sa vertu ruë à bas toute choſe oppoſee ;
Qui ſçauroit contredire aux loix de ton pouuoir ?
Il eſt ſecret, tu l'es autant qu'on le peut eſtre :
Il fut en l'Age d'Or, & nous l'eſperons voir
En tes iours apparestre.

Qui ſouhaittera donc, admirant ta loüange,
Te voir reellement ; ſoit des terres du Gange,
Soit de l'Auſtre, de l'Ourſe, ou des riues d'Atlas,
Soit des lieux retirez de la hantiſe humaine,
Qu'il ne fende la mer, & ne guide ſes pas
Vers nous à tant de peine.

Mais REYNE (dont la gloire en tous lieux eſt cogneuë)
Seulement qu'il eſtende & qu'il iette en la nuë

Ses yeux pour les conduire au cœleste pourprix :
Sans quitter Horizon, ny pays, ny demeure,
Alors il te verra, de merueille surpris,
Comme nous à toute heure.

COMPARAISON DV SOLEIL
auec sa Majesté.
SONNET.

CHacqu'vn pour vous loüer vn Soleil vous appella,
O REYNE dont la gloire est viue en ces bas lieux,
Et moy volant plus haut, & voulant dire mieux,
Ie penserois errer si ie vous nommois telle.

Il flambe vers la terre, & comme vne Immortelle
Agissant plus que luy, vous flambez vers les Cieux :
Il produit seulement la verdure à nos yeux,
Et vous des grands SOLEILS dont l'honneur estincelle.

Il enfante la nuit pleine d'obscurité ;
L'Horizon des François est par vous en clarté :
La mort il donne aux Lys, & vous leur donnez vie.

Ie parle sans flatter, on le cognoist à l'œil :
Estant donc moins que vous, grande Reyne MARIE,
Ne faillirois ie pas vous nommant vn SOLEIL ?

COMPARAISON DV RO
& d'Alexandre le Grand.

DE LOVYS auec Alexandre
Ie veux faire comparaison :
Si quelqu'vn m'en vouloit reprendre
Manqueroit-il pas de raison ?
Deux riches perles esgalees,
Deux Lys ne ressemblent point mieux,

Qui de nuit brillent dans les Cieux.
  L'vn fut vn guerrier indomptable
Au cours de ses plus ieunes ans :
L'autre n'est pas moins redoutable
Es nouueaux iours de son Printemps.

  L'vn fut liberal (s'il faut croire
A la voix de l'Antiquité :)
L'autre publie autant de gloire
En sa Royale M A I E S T E.

  L'vn fit resider la Iustice
Et la pieté dans son cœur :
L'autre honnorant leur exercice,
Maintient leur puissance en vigueur.

  L'vn fut la mesme continence
Aux yeux des plus rares objets :
L'autre est la mesme resistance
Enuërs les plus dignes sujets.

  L'esprit, l'honneur, & la sagesse
En l'vn respandoient leurs clartez :
L'autre, en desmentant la jeunesse,
A les pareilles qualitez.

  L'vn fut brun, mais clair tout ensemble,
Auguste de face & de corps :
L'autre diuinement assemble
Comme luy ces humains thresors.

  L'vn tousiours reuera sa Mere,
L'aymant, soit de loing, soit de prés :
L'autre a bien la sienne autant chere
Que ce grand Empereur des Grés.

  L'vn fut capital aduersaire
Du luxe & de la vanité :

                          L'autre

'autre eſt en ſa pompe ordinaire
Vn miroir de ſimplicité.

 Le ſoin, le hazard, & la peine
De l'vn formerent les deduits :
L'autre, d'vne humeur toute ſienne,
Y donne les iours & les nuits.

 L'vn fut bien aymant au poſſible,
res-bon, tres clement & tres doux :
L'autre en ame irreprehenſible
A tels honneurs par deſſus tous

 L'vn fut amoureux de la chaſſe,
Eſtant l'image des combats :
L'autre fait voir de place en place
Comme il en cherit les esbats.

 L'vn d'vne loüange premiere
Se fit à cheual eſtimer :
L'autre s'eſt fait dans la carriere
A la iouſte ainſi renommer.

 L'vn vint enfant au Diadeſme
Par la mort d'vn Roy genereux :
L'autre vint au Sceptre de meſme
Par la fin d'vn ROY valeureux.

 L'vn eut Hercule pour anceſtre,
Dont les faits ſont encore oüys :
'autre à la gloire de ſon eſtre
u grand Hercule SAINCT LOVYS.

 Vne Reyne en Grece honnorée
l'vn donna commencement :
ne REYNE en France adorée
Mit l'autre au iour pareillement.

 De LOVYS auec Alexandre

Ie fays ainſi comparaiſon :
Si quelqu'vn m'en vouloit reprendre
Manqueroit-il pas de raiſon ?

Deux riches perles eſgalees,
Deux Lys ne reſſemblent pas mieux,
Ny deux lumieres eſtoilees
Qui de nuit brillent dans les Cieux.

On n'y ſçauroit pas contredire,
Sinon que l'vn n'a iamais veu
Son los par les Muſes deſcrire,
Et l'autre eſt d'elles recogneu.

Tellement que ce R O Y des Princes
Ne doibt, comme il fit, ſouhaitter
Pour la moitié de ſes Prouinces
Vn Homere pour le chanter.

Dès le moment de la naiſſance
Il eſt d'vn tel heur iouiſſant,
Qui pour moins de recognuiſſance
Touſiours le rendra fleuriſſant.

COMPARAISON DV ROY
ET DES-CHARLES MAGNE.
SONNET.

Dans voſtre grand Paris à bon droit vous entrez
Le iour S. Charles Magne; il domta l'infidelle,
Et nous voyons ainſi l'infidelle rebelle
Veincù par vos efforts de merueille illuſtrez.

Il eſtoit Roy de France, & les rayons aſtrez
De là haut vous font eſtre en meſme parallelle :

Il eſtoit Empereur, ce bon-heur vous appelle,
   Au gré des actions que deſia vous montrez.
ous eſtes comme luy d'heroique ſtature:
Il fut Sainct, & vos meurs nous donnent conjecture
   Que vous ſerez vn iour reclamé dans les Cieux.
ais pourtant vous aurez le droit de preference,
   D'autant qu'en l'age d'homme il fut victorieux,
   Et que vous l'eſtes, SIRE, en voſtre adoleſcence.

OMPARAISON DE LA REYNE
ET DE BLANCHE DE CASTILLE.

SONNET.

N te ſaluant REYNE, il me ſemble eſtre vieux
   De plus de trois cens ans que ne porte mon âge;
Car en toy i'apperçois & l'ame & le viſage
De BLANCHE DE CASTILLE, vn miracle des cieux.
ature la fit belle; on ne void point tes yeux
   Sans iuger en leur grace vn pareil aduentage:
   Elle fut humble, honneſte & vertueuſe, & ſage,
   Ta gloire à cette gloire eſt conforme en tous lieux.
Vn S. LOVYS par elle eſclata dans la France;
   En tes meurs on conçoit vne meſme eſperance:
   Elle enfanta la paix, ou en iouyt partot:
i bien qu'à l'aduenir & le pauure & le riche,
   Comme à preſent de BLANCHE, auront la meſme foy
   D'ANNE, le parangon de la Maiſon D'AVSTRICHE.

COMPARAISON DE MONSIEVR ET
DE MADAME D'ORLEANS AVEC LE
Signe des deux Gemeaux.

SONNET.

Vous ressemblez tous deux à l'Astre des Gemeaux,
En l'heureuse vnion de vostre mariage,
O grand PRINCE! ô PRINCESSE autant belle que sage,
De qui nous esperons des miracles nouueaux!
Ils forment le Printemps où les mois sont plus beaux,
Où toute chose naist; & soubs mesme aduantage
D'vn Printemps bien heureux vous decorez nostre âge,
Par vn ENFANT choisi pour adoucir nos maux.
En suitte du Printemps que les Gemeaux font naistre,
La saison de l'Esté commence de paraistre:
Ayant ainsi produit tel ENFANT desiré,
LOVYS & son ESPOVSE en donneront au Monde
Vn que DIEV choisira, de tous biens honnoré,
Pour commander vn iour sur la terre & sur l'onde.

COMPARAISON DV ROY
ESTANT DAVPHIN,
Au Dauphin celeste. 1610.

En mes vers, où ton nom resplendit en maints lieus,
Ie trouue (ô grãd DAVPHIN) que le DAVPHIN des Cieux

Correspond auec toy d'humeur & d'influance:
Il luit au Firmament ; tu luis parmi la France,
Et comme par la nuit il flambe de clartez,
Ainsi ton œil esclaire en nos aduersitez.

PEGASE, qui fonda la source d'Hipocrene,
Où les Muses vont boire en leur viue fontaine,
Le joint auec la teste ; & ces Nymphes de prix
Logeront dans ton ame & dedans tes esprits.

Il consiste en Neuf feux qui luy donnent lumiere,
Et ces nœuf selles, dont la gloire est singuliere,
Feront que ta loüange & que tes nobles faicts
Reluiront par le Monde honnorez à iamais.

Il touche à L'EQVINOXE, où le poids se rencontre
Au fonds de la BALANCE; & le Destin nous moustre
En ces ieunes vertus qui brillent sur ton front,
Que par toy la Iustice & le Droit fleuriront.

Il est proche de L'AIGLE, & tu l'es de l'Empire:
En queü' du SAGITAIRE, on le void tousiours luire
Quand il se met en veuë, & l'Ennemy fuira
Deuant ton bras armé qui l'espouuentera.

D'vn poinct tant seulement vous differez ensemble:
Quand la VIERGE apparoist, & que la belle assemble
Mille rays dans ses yeux d'vn attrait allechant,
Il disparoist à l'heure, & s'enfuit au Couchant:
Mais toy, PRINCE bien nay, plus humain que farouche,
Tant s'en faut que l'attrait d'vne Vierge rebouche
Au deuant de tes yeux, que sa ieune beauté
Rendra par vn Hymen ton desir arresté,
Pareil au grand Achile, autant propre aux doux charmes
Des passions d'amour, qu'il estoit braue aux armes.

Voylà comme ie trouue, en consultant mes vers
Où ton nom doibt suruiure autant que l'Vniuers,
Qu'vne mesme influence à nos yeux manifeste,
Heureusement t'esgale au beau DAVPHIN cœleste:
DIEV se rencontre en nous, & quand il nous assaut,
Vn aiguilllon nous poinct qui rend nostre sang chaud,
Lors nous prophetisons. esteuez par la Muse.
Or comme ce bel Astre où la gloire est infuse,
Apparoist dans le Ciel auec l'Astre fameux
De la Gregeoise LYRE, ainsi clair à mes vœux,
Puisses tu, grand DAVPHIN, quelque iour apparoistre
Auec ma douce Lyre, en faisant recognoistre
A la posterité, fauorisant ma voix,
Que tu pars de l'estoc de FRANCOIS DE VALOIS.

DELPHIN COELESTIS.

Versibus in nostris quà se tua gloria pandit
Cœlestem DELPHINA tibi clarissime DELPHIN
Lucenti virtute parem dum fingimus, audi.
   Emicat ille Polo radians, lux altera regni
Tu Salici, quantúmque caua se noctis in vmbra
Exerit, affulges patriæ tu casibus atris.
   PEGASVS author aquæ Permessidos ad caput illi
ungitur vt castæ tibi se iunxere Sorores,
Adiungétque tuis Helicon sua carmina factis.
   Stellis ille nouem constat, totidémque Deabus
Laudis erit par cura tuæ, quæ gesta per Orbem
Sparsa ferant, nomémque tuum immortale coronent.
   Ille oritur cùm LIBRA pares æquauerit horas,

Sic tua Iustitiam faciet regnare potestas;
Et conseruabit librilia juris & æqui.

Ille AQVILÆ propior, Germanum sic tua virtus
Atteret imperium : Quin vt micat ille tremendi
Calce SAGITTIFERI, tua sic fugitius Iberus
Arma tremet, vertet tibi terga Britannicus hostis.

Eßis in hoc modò dissimiles, quod VIRGINIS ortum
Detrectat DELPHIN, quotiesque emergit Olympo
Virgineum iubar, ille oculos auertit & aufert.

Tu contrà, tua cùm matura adoleuerit ætas,
Et visu facilis dictuque affabilis, omnes
Ibis ad egregias forma stimulante puellas,
Inter quas vna ante alias pulcherrima Nympha
Nupta tibi, decus eximium nóménque parabit
Quatenus indomito par sit tuus ardor Achilli
Ore nitrens, & Marte potens, & Amore beatus.

Sic non carminibus nostris indictus abibis
Clare PVER nostræ spes & tutela Camœnæ
Quæ tua fata libens DELPHINI comparat astro
Illius vt cœptis faueas, qui diuite penná
Differere immensum gestit tua facta per Orbem.

,, Est Deus in nobis, quos Numen Appolinis vrget,
Et facit Herôas numeris super astra referre;
Propterea in nostris vis est non parua cothurnis.

Denique DELPHINVM veluti LYRA sæpe benigno]
Lumine prosequitur, sic tu clarissime DELPHIN
Sis bonus ô placidusque mihi, nostrumque laborem
Et nostram dignare tuo candore Thaliam,
Vt memor illæ tuæ iactet præconia famæ,
Et ventura sciant LODOVAEVM secula magnum
DELPHINVM, virtute Patrem, pietate Parentem;
Et Phœbi studijs FRANCISCVM æquasse VALESVM.

HIERONIMVS SEGVIERIVS
Præses Prætorianus.

SONNET.

I'ay donné de mes vers à cinq fameuses REYNES,
 A deux ROYS genereux, à deux grands FILS de Roy
 Mainte digne Princesse & maint Prince ont de moy
 Receu d'vn mesme train mes veilles & mes peines.
Roys & Princes lointains ont des preuues certaines
 D'vn mouuement esgal, & si ie ne m'en voy
 Fortuné d'aduentage, ô Muse cache toy,
 L'on n'ayme plus à boire en tes viues fontaines.
En France, en Angleterre, en Espagne, en Piemont
 I'ay fait voir à ce prix de quelle traitte vont
 Ceux où l'Eternité des merites se fonde.
Pour le moins i'ay la gloire en ce trai... malheureux
 Que les plus releuez & les plus Grands du Monde
 Ont eu de ma richesse, & que ie n'ay rien d'eux.

GARNIER.

Vixere fortes ante Agamemnona
 Multi : sed omnes illacrymabiles
Vrgentur, ignotique longa
Nocte : carent quia vate Sacro, Horat.

FIN.

www.ingramcontent.com/pod-product-compliance
Lightning Source LLC
Chambersburg PA
CBHW061536170626
46811CB00004B/1949